ÉLOGE
DE MOLIÉRE,
EN VERS,

AVEC

DES NOTES CURIEUSES;

PAR LE PETIT-COUSIN DE RABELAIS.

A LONDRES,

Et se trouve A PARIS,

Chez les Libraires qui débitent les Nouveautés.

M. DCC. LXXV.

ÉLOGE
DE MOLIÈRE.

Quel mouvement subit fait bouillonner mon sang !

Apollon daigne-t-il s'emparer de mon ame ?..

Je le vois, je le sens, sa vive ardeur m'enflâme ...

Un trait de feu m'atteint & me perce le flanc ...

Je ne me connais plus, je ne suis plus le même,

Le Dieu m'agite...ô Ciel ! ô changement extrême !

J'imagine monter jusqu'au Trône des Dieux :

Déja, j'y vois Molière assis à côté d'eux. (1)

Aristophane, Plaute & Ménandre & Térence, (2)

Tous quatre sont aux pieds du Peintre de la France.

A

Divin Molière, ô toi le plus grand des Français, (3)

Toi feul, qui corrigeas nos travers, nos excès,

Toi, qui donnas à l'Art une nouvelle vie,

      Dis-moi donc par quelle magie,

      Toujours nouveau dans tes portraits,

Depuis plus de cent ans, tu nous charmes encore !

      Pourquoi la Mode qu'on adore

      Dans le beau pays des pompons,

Si fécond en Laïs, fi ftérile en Ninons, (4)

Pourquoi le mauvais Goût, plus déteftable qu'elle,

      Prennent la fuite à ton afpect

      Et confervent un vieux refpect

Pour ton illuftre nom, pour ta Mufe immortelle ?

      Dis-moi, qui t'a donné cette fagacité,

Cet œil contemplateur, ce ton philofophique,

      Cette lumineufe critique ?

Pourquoi toujours d'accord avec la vérité,

Tenant en main la clef des ames,
Tu découvres si bien l'horrible fausseté,
Et les atrocités infâmes,
De *Tartuffe*, (5) ce monstre en qui la piété
Sert de masque a l'iniquité.
Comment par un heureux contraste
Tu nous fais le portrait de cet homme sans faste ;
Affable & tolérant, honnête & vertueux,
Qui rend ton scélérat encore plus affreux.

Avec quels traits, ô Ciel ! tu terrasses l'*Impie* (6)
Aux crimes, à la fraude, au parjure nourri !
Avec quels tons, tu peins cette Femme hardie,
Qui, maligne à l'excès, joint à la perfidie
L'art de faire avoir tort à son pauvre mari (7)

Sous ton docte pinceau, le Jaloux & l'Avare,
Le Fils dissipateur, le Fou, l'Homme bisarre,
Paraissent vivre & respirer,

A 2

Et veux-tu nous offrir un Docteur, un Malade,

Une Femme savante, aussi sotte que fade,

    Phébus est-là pour t'inspirer.

Harpagon, de son or incessamment avide (8)

Jusqu'à la fin, paraît intéressé, sordide :

A sa chère cassette il songe jour & nuit,

Il la perd, la retrouve au sein de sa famille,

Et sans donner pour dot une obole à sa fille,

Au père de son gendre il demande un habit.

Diafoirus honteux, rougit de sa fourrure

    Et de son éternel latin ;

L'*Hypochondre* (9) éveillé se guérit à la fin.

La *Savante* au miroir contemplant sa figure, (10)

Quitte son verbiage & reprend sa parure,

Se fie à ses beaux yeux d'un triomphe certain,

    Et laissant agir la nature,

En revient à parler falbalas & coeffure.

Cependant sur un ton non moins vif que Ladin,

Au pédantifme lourd faifant par-tout la guerre,
Du même coup, tu fais immoler au parterre
Le doucereux (1 1) Ménage & l'ignorant Cotin;
Tu crayonnes fi bien leurs fottifes extrêmes,
  Qu'ils s'y reconnaiffent eux-mêmes.

  Tous les Spectateurs fatisfaits
Admirent ton *Agnès* fi tendre, fi naïve. (1 2)
  Oui fa jeuneffe & fes attraits,
  Ses bons tours, fa tendreffe vive,
Réjouiffent l'efprit, intéreffent le cœur :
On détefte, en riant, fon rigide tuteur.

  Que tu fais bien encor deffiner des deux Freres (1 3)
Les différens efprits, les divers caractères.
  Pour le coup, tu prouves très-bien
  Aux hommes triftement auftères
  Qui font un fantôme de rien,

     A 3

Que ni les verroux , ni les grilles,
Ne gardent la vertu des femmes & des filles.
Affaifonnant ces faits du fel le plus piquant ,
Toi feul peux divertir , & plaire en inftruifant.

MAIS quelle eft donc cette autre foule
　　De fiéfés originaux ? . .
Ta veine inépuifable eft un fleuve qui roule.
Ici c'eft un pauvre homme, auteur de tous fes maux: (14)
Il fue , il fe tourmente , il s'exhale en propos,
Il juge fa Moitié , toujours prête à mal faire ,
　　Et fon mal n'eft qu'imaginaire.
Là c'eft l'adroit Mercure , abandonnant les Cieux (15)
Et des faibles mortels trompant la bonhommie
Pour contenter les goûts du plus puiffant des Dieux.
Le brave *Amphitrion* entend plaifanterie,

---

*Vers de Molière.

Et l'on quitte à regret Cléanthis & Sofie,
En retenant par cœur tous leurs propos joyeux.

UNE jeune Coquette à mes yeux se préfente ;
Sa beauté lui foumet un Bourgeois opulent,
Amoureux furanné que le Diable tourmente. (16)
Il court fur fon Hymen confulter gravement
Un Sophifte craffeux dont le long bavardage
Roule fur tout objet, hormis le mariage ;
Notre homme, pour raifons, fe dédit promptement ;
  Mais le frere de fa Maîtreffe, (17)
Au défaut de l'épée, employant un bâton,
    Lui fait bien tenir fa promeffe,
    Et le rappelle à la raifon.

J'APPERÇOIS l'*Etourdi*, toujours incorrigible,
Et l'adroit Mafcarille, alerte, induftrieux ;
Si le Maître, à fe nuire, êft un homme infaillible,
Son Valet, à coup fûr, a de l'efprit pour deux.

A 4

Qui pourrait ne pas rire au *Dépit amoureux* ?
     A ces Scènes inimitables,
Où se grondent bien fort deux Amans véritables,
     Mais le tout pour s'en aimer mieux ?

     Tout est soumis, Moliere, à ta Muse plaisante,
Astrologues, Bouffons, & tant de Gens fâcheux,
Portant dans les maisons leur face révoltante,
Et venant supplier qu'on parle en Cour pour eux.
     Voyez comme ils troublent sans cesse
Ce Marquis occupé d'un joli rendez-vous.,
     Avec toute sa politesse,
Monsieur Caritidès (18) est bien digne, entre nous,
De faire des Placets pour l'Hôpital des fous.

     J'aime ce bon Jourdain, bourgeois, qui se ruine (19)
     Avec les Gens de qualité,
     Et sa femme qui le lutine,
Et lui rejette au nez son imbécillité,

Mais j'admire ces *Précieuses* (20)
Si bégueules dans leurs propos ,
Courant après tous les beaux mots
Et si bêtement amoureuses.
Qui pourrait croire , hélas ! que les mêmes pinceaux
Eussent suffi jamais à peindre tant de sots ?

Voici l'Amour vêtu d'une robe d'hermine ; (20)
C'est un jeune Galant en Docteur déguisé ,
Quatre gros Médecins , au babil empesé ,
Guériront-ils si bien fille qui se chagrine ?

De ce Sicilien jaloux
Voyez donc la mine allongée ,
Contemplez sa Pupille alerte & dégagée ,
Au Muguet faisant les yeux doux :
La palette à la main , introduit chez la Belle ;
L'Amant peint la beauté , le Jaloux la querelle. (22)

Que tu nous divertis avec ta bonne-foi,

   Gai *Sganarelle*, qu'on assomme (23)
Pour te faire en un jour *Médecin malgré toi*!
Mais fagots pour fagots, n'es-tu pas un grand homme?

   Mons *Pourceaugnac*, gros Limousin,
Tes peurs, ton embarras, savent nous satisfaire.
A gorge déployée, on rit du plaisant train
Dont, sans pitié, te mène un grave Apothicaire.

   Courage, ô très-fripon *Scapin*, (24)
   Allons, allons, fais bien des tiennes;
   Tu vaux bien mieux, joyeux Lutin,
   Que nos larmoyantes Antiennes.

Ah! *Comtesse d'Escarbagnas*! (25)
Criquet (26), ton Receveur des Tailles,
Ton (27) Précepteur à cheveux plats,
Jean Despautère sous le bras,

Ont réjoui Paris & les Grands de Versailles !

PARAISSEZ, (28) Importans, Maltotiers & Robins,
Et vous, Femmes d'intrigue, à marchés clandestins,
Notaires élégans, armés de la Coutume,
Intendans si fripons, Commissaires si craints,
Usuriers & Marchands, que l'intérêt consume,
　　Hardis Huissiers, au vol enclins :
　　Molière, qui vous a tous peints,
　　Vous avait au bout de sa plume.

Ce sont tous ces Portraits, dont le germe est chez lui,
Que tant de Barbouilleurs ensuite délayèrent,
Que tant de beaux Esprits de leur mieux imitèrent ;
Et que tant d'Avortons rebrodent aujourd'hui.

　　MUSE, arrête, reprends haleine ;
　　Que dis-je ? Non, point de repos :
　　Ah ! rallume plutôt ma veine,

Et donne-moi d'autres pinceaux.

Aftre brillant de notre Scène,

·Enflâme mon génie, & je peindrai fans peine

Le plus fameux de tes travaux.

Unique *Mifanthrope*, œuvre à jamais fublime, (29)

Oui, Moliere avec toi du Pinde atteint la cime.

Où ce parfait Auteur puifa-t-il donc les traits

Dont il forma ton caractère ?

C'eft le plus fièr de fes portraits,

Un modèle éternel de la grande manière.

Souriez en voyant la Coquette à côté

De ce Mortel qui hait les hommes,

Et dont le tort, en vérité,

Aurait des Défenfeurs dans le fiécle où nous fommes.

Admirez fa malignité :

Elle pique avec âcreté,

Déchire le prochain, médit avec adreffe.

D'adorer Celimène , Alceste a la faiblesse ,

Elle le rend jaloux pour s'en moquer à part ,

      Le poignarde d'un regard ,

      Feint de lui rendre sa tendresse ,

Le quitte , le trahit , le tourmente sans cesse ,

      Et revient à lui , mais trop tard.

Qu'on s'écrie avec moi que le divin Moliere

      S'est élevé dans la carrière

      Au-delà des bornes de l'Art.

Les tems sont bien changés, après tous ces miracles (30)

      Enfantés malgré tant d'obstacles, (31)

O Patrie ! ô Français ! il ne nous reste plus

Que des Auteurs glacés , que des Drames perclus.

      Plus de gaîté , mais des grimaces.

Molière , absolument ils ont perdu tes traces : (32)

Ce sont de jolis mots , des sophismes brillans ,

De petits intérêts , & de grands mouvemens (33)

Très-applaudis par l'ignorance

Et qui laiffent en confcience

Les bons efprits du jour morfondus & bâillans.

Mais on fuit avec véhémence

Ces fades Défolations,

On admire en détail ces Lamentations (34)

Toutes pleines d'extravagance.

Nos Petits-Maîtres d'importance

Dont tu crayonnas hardiment (35)

Tous les tons & tout l'enjoûment

Du Connaiffeur choqué narguant l'impatience,

Le mouchoir à la main, pleurent avec conftance

Sur le même Théâtre où ton rare talent

Faifait rire toute la France.

Phébus nous abandonne, & Thalie en courroux (36)

Brife enfin fes crayons, fuit & fiffle nos goûts.

AU COMMENTATEUR

DE MOLIERE.

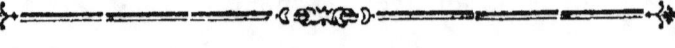

Parais , va confoler Thalie , (37)
Ramène fur fes pas les Ris & la Gaïté ,
Viens redreffer le goût que la Mode a gâté :
A la froide raifon , pleureufe & rembrunie ,
Qui ne préférerait mille fois la folie ?

NOTES
CURIEUSES.

NOTES
CURIEUSES.

(1) *Déja j'y vois Molière, assis à côté d'eux.*

EN 1773, cent ans après la mort de Molière, les Comédiens Français ont représenté sur leur Théâtre une Comédie, ayant pour titre : l'*Assemblée*, suivie de l'*Apothéose de Molière.* Le Public, dit M. Linguet, dans son Journal de Littérature du mois de Mars de cette année, attendait le 17, époque de la mort de Molière, une représentation de la *Centenaire.* Mais des circonstances particulières & l'indisposition d'un Acteur ont arrêté la bonne volonté de la Comédie, qui désirait de renouveller annuellement ce témoignage de son respect & de sa reconnaissance pour son Fondateur. Molière était d'ailleur Acteur, & ce monument est le seul dans l'univers qui ait été élevé au Théâtre, à la gloire d'un Acteur.

(2) *Aristophane, Plaute & Ménandre & Térence.*

On lit dans un ouvrage de M. de Voltaire : » Molière ;

génie à la fois comique & philofophe, cet homme qui,
» en fon génre, eft fi au-deffus de l'Antiquité, ce Molière,
» *dont le Trône eft vacant.* Cette expreffion pittorefque &
vraie, ajoute M. de Voltaire, eft de M. Chamfort, dans fon
Difcours juftement couronné par l'Académie. On lit encore
dans les *Queftions fur l'Encyclopédie* : Molière, dans fes bonnes Pièces, eft auffi fupérieur au pur, mais froid Térence
& au farceur Ariftophane, qu'au baladin Dancourt. L'Auteur des *Queftions* avait été prévenu dans fon jugement fur
Ariftophane par l'illuftre Fénelon. J'avoue, dit le Prélat,
dans fes *Réflexions fur la Poetique*, que les traits plaifans
d'Ariftophane me paraiffent fouvent bas. Ils fentent la farce
faite exprès pour amufer & pour mener le peuple. Qu'y
a t-il de plus ridicule que la peinture d'un Roi de Perfe,
qui marche avec une armée de quarante mille hommes,
pour aller fur une montagne d'or fatisfaire aux infirmités
de la nature ?

(3) *O toi, le plus grand des Français !*

B o i l e a u regarda toujours Molière comme un génie
unique. Louis XIV. lui demandant un jour quel était le plus
rare des grands Ecrivains qui avaient honoré la France pen-
dant fon Régne; il lui nomma Molière. *Je ne le croyais pas,*
répondit le Roi ; *mais vous vous y connaiffez mieux que moi.*
Voyez les *Mémoires fur la vie de Jean Racine.*

(4) *Si ftérile en Ninons.*

Mademoiselle de l'Enclos. M. de Voltaire l'a chantée

dans une ancienne Edition de fon Temple du Goût. Voici
le morceau :

> Ninon , cet objet fi vanté ,
>
> Qui joignit tant de probité
>
> Au doux talent d'être volage ,
>
> Faifait alors avec gaîté
>
> Un Difcours fur la volupté ,
>
> Sur l'Art & la délicateffe ,
>
> Qui rend la moins fière beauté
>
> Refpectable dans fa faibleffe.

(5) *De Tartuffe , ce monftre.*

L'Abbé de Chateauneuf, auteur de l'excellent Dialogue
fur la mufique des anciens , rapporte l'anecdote fuivante.
Molière , dit-il , nous cita mademoifelle de l'Enclos comme
la perfonne qu'il connaiffait fur qui le ridicule faifait une
plus prompte impreffion , & nous apprit qu'ayant été la
veille lui lire fon Tartuffe, (felon fa coutume de la confulter fur tout ce qu'il faifait ,) elle l'avait payé en même
monnoie par le récit d'une aventure qui lui était arrivée
avec un fcélérat à peu près de cette efpéce , dont elle lui
fit le portrait avec des couleurs fi vives & fi naturelles, que
fi la Piéce n'eût pas été faite , nous difait-il , il ne l'aurait
jamais entreprife , tant il fe ferait cru incapable de rien
mettre fur le Théâtre d'auffi parfait que le Tartuffe de mademoifelle de l'Enclos.

B ;

A propos de cette anecdote , voici ce qu'on trouve dans
le Tome XII. des *Nouveaux Mélanges de Littérature & de
Philofophie.* ꞋꞋ Suppofé que Molière ait parlé ainfi , je ne
ꞋꞋ fais à quoi il penfait. Cette peinture d'un faux Dévot ,
ꞋꞋ fi vive & fi brillante dans la bouche de Ninon, aurait du ,
ꞋꞋ au contraire , exciter Molière à compofer fa comédie du
ꞋꞋ Tartuffe , s'il ne l'avait pas déja faite. Un génie tel que
ꞋꞋ le fien , aurait vu tout d'un coup dans le fimple récit de
ꞋꞋ Ninon de quoi conftruire fon inimitable Piéce , le chef-
ꞋꞋ d'œuvre du bon comique , de la faine morale & le ta-
ꞋꞋ bleau le plus vrai de la fourberie la plus dangereufe.
ꞋꞋ D'ailleurs , il y a , comme on fait, une prodigieufe dif-
ꞋꞋ férence entre raconter plaifament & intriguer une comé-
ꞋꞋ die fupérieurement.

(6) *Avec quels traits, ô ciel ! tu terraffes l'Impie.*

LE *Feftin de Pierre.* On obferve dans les *Quéftions fur
l'Encyclopédie,* qu'on a mal-à-propos appellé cette Comédie
le Feftin de Pierre, & que fon véritable nom eft le Convive
de Pierre.

(7) *L'art de faire avoir tort à fon pauvre mari.*

George Dandin. Le Feftin de Pierre fut verfifié après
la mort de Molière par Thomas Corneille , & eft toujours
joué de cette façon. Des gens de goût qui ont lû très-
attentivement l'une & l'autre manière , ne font aucune
difficulté de préférer la profe de Molière au travail forcé du
cadet des Corneilles. Ils regardent ce dernier comme fort

hardi dans son entreprise. Ces mêmes personnes de goût souhaiteraient voir remettre au Théâtre la première façon du Festin de Pierre. On sait que Thomas Corneille a osé y ajouter des scènes de paysans, dont l'effet n'est pas merveilleux.

L'Auteur des *Questions sur l'Encyclopédie*, pense que personne ne s'avisera de versifier le George Dandin. La Diction, dit-il, en est si naive, si plaisante, tant de traits de cette Pièce sont devenus proverbes, qu'il semble qu'on les gâterait si on voulait les mettre en vers.

(8) *Harpagon de son or incessamment avide.*

Ce nom est resté aux Avares, ainsi que celui de Tartuffe aux faux Dévots. On s'est piqué, avance l'illustre Auteur du siécle de Louis XIV, on s'est piqué à l'envi dans quelques Dictionnaires nouveaux, de décrier les vers de Molière, en faveur de sa prose, sur la parole de l'Archevêque de Cambrai, Fénelon, qui semble en effet donner la préférence à la prose de ce grand Comique, & qui avait ses raisons pour n'aimer que la prose poétique. Mais Boileau ne pensait pas ainsi. Il faut convenir qu'à quelques négligences près, négligences que la Comédie tolère, Molière est plein de vers admirables qui s'impriment facilement dans la mémoire.

La Motte s'étant laissé persuader, dit encore M. de Voltaire, que son esprit était infiniment au-dessus de son talent pour la poésie, demanda pardon au public de s'être abaissé à faire des vers. Il donna une Ode en prose & une Tragédie

B 4

en profe , & on fe moqua de lui. Il n'en a pas été de même de la Comédie. Molière avait écrit fon Avare en profe pour le mettre en vers ; mais il parut fi bon , que les Comédiens voulurent le jouer tel qu'il était , & que perfonne n'ofa de-depuis y toucher. *Queſtions fur l'Encyclopédie.*

(9) *L'Hypochondre éveillé fe guérit à la fin.*

Le *Malade imaginaire* , Pièce dans laquelle Molière fe permit de jouer la Faculté en corps. Cette Comédie eſt l'époque de fa mort.

(10) *La Savante au miroir contemplant fa figure.*

Perfonne , prétend avec raifon M. Paliſſot dans fes *Mémoires Littéraires* , perfonne ne porta dans le cœur humain un coup-d'œil plus fur & plus profond que Molière. Non-feulement il femble avoir épuifé toutes les foûrces du rire , & les différents caractères dont il s'eſt emparé : mais encore ceux mêmes qu'il n'a fait , pour ainfi dire , qu'effleurer dans quelques fcènes de fes Pièces inimitables. Il y a tel fujet de Comédie que peut être on n'ofera jamais tenter , uniquement parce que Molière en a crayonné les premiers traits ; & c'eſt , en ce fens , l'homme qui a fait le plus de larcins à la poftérité. Qui oferait , par exemple , traiter le fujc du *Railleur* , après la fcène de Clitandre & de Trif-fotin dans les *Femmes favantes* ?

(11) *Le doucereux Ménage.*

C'eſt Ménage que Molière joua dans la Comédie des

Femmes favantes fous le nom de Vadius ; mais il eut le bon efprit de ne point s'offenfer de cette liberté du Théâtre. Molière , peut-être , aurait du l'épargner , d'autant plus que Ménage eut le mérite de fentir le premier le génie naiffant de ce grand Poète Comique. *Mémoires Littéraires.*

(12) *Admirent ton Agnès , fi tendre , fi naïve.*

Molière , dit M. Paliffot , a eu l'avantage d'employer dans fes Comédies beaucoup de traits d'une plaifanterie naïve , tels que fes ingénuités fi piquantes d'Agnès dans l'*Ecole des Femmes* , qui blaifferaient aujourd'hui la délicateffe hypocrite de nos oreilles , tandis que nous allons tous les jours nous dédommager à des Spectacles forains , libres jufqu'à l'indécence , de ces entraves , qu'une vaine affectation de pudeur a données au Théâtre de la Nation fous prétexte de l'épurer. Cette conduite n'a que l'apparence d'un contradiction , & ne paraitra pas étonnante à quiconque aura obfervé que plus on a de morale en paroles , moins on a de mœurs en réalité.

(13) *Que tu fais bien encor deffiner des deux Freres.*

L'*Ecole des Maris.* Quand Molière n'aurait fait que cet ouvrage , dit M. de Voltaire , il eût pu paffer pour un grand Auteur Comique.

(14) *Ici c'eft un pauvre homme auteur de tous fes maux.*

Le *Cocu imaginaire.* Cette Pièce , dit encore M. de Voltaire , eut le fort des bons ouvrages , qui ont & de mauvais cenfeurs , & des mauvais copiftes.

(15) *Là c'eſt l'adroit Mercure abandonnant les Cieux.*

L'*Amphitrion* eſt un recueil d'Epigrammes & de Madri-
gaux faits avec un art qu'on n'a point imité depuis. La
bonne Poéſie eſt à la bonne proſe, ce que la Danſe eſt à une
ſimple démarche noble , ce que la Muſique eſt au récit or-
dinaire , ce que les couleurs d'un tableau ſont à des deſ-
ſins de crayon. De-là vient que les Grecs & les Romains
n'ont jamais eu de Comédie en proſe. *Siécle de Louis XIV,
Article des Ecrivains.*

(16) *Amoureux ſuranné que le Diable tourmente.*

Le *Mariage forcé.* On prétend que cette Comédie n'a-
vait pour baſe que le mariage en effet un peu forcé du
Comte de Grammont avec mademoiſelle Hamilton.

(17) *Mais le frere de ſa maîtreſſe.*

Alcidas , frère de Dorimène , jeune coquette , maîtreſſe
de Sganarelle , bon bourgeois.

(18) *Monſieur Caritidès eſt bien digne entre nous.*

Perſonnage de la Comédie des *Fâcheux* , qui vient im-
portuner Eraſte , & le prier d'être ſon Mécene auprès du
Roi. Il s'agit de créer , en faveur de M. Caritidès , une
Charge de Contrôleur , Intendant , Correĉteur , Reviſeur
& Reſtaurateur général des inſcriptions des Enſeignes.
Cela , ſans doute , a du déplaire à M. de Fénelon. L'Auteur
de Télémaque croit , avec Deſpréaux , que Molière , qui
peint avec tant de force & de beauté les mœurs de ſon Pays,

tombe trop bas quand il imite le badinage de la Comédie Italienne. On trouvera une réponfe à cette objection dans une des notes fuivantes.

(19) *J'aime ce bon Jourdain.*

Le *Bourgeois Gentilhomme.* Une des Loix que fe prefcrivit Molière, écrit M. Paliffot dans les Mémoires déja cités, loi qui ne contribua pas moins que fa liberté courageufe à la perfection de fon art; ce fut de choifir conftamment fes Perfonnages dans la vie commune, qui eft la plus propre à fournir à la Scène des ridicules faillans, & qui ont précifément la charge du Théâtre. On fait qu'il ne dérogea à cette règle que dans la comédie du Mifantrope, le feul des caractères qu'il ait traités, que le peuple ne devait pas lui fournir.

(20) *Mais j'admire ces Précieufes.*

Les *Précieufes ridicules.* Molière avait ofé jouer dans ce chef-d'œuvre tout l'Hôtel de Rambouillet. Le Poëte comique corrigea fon fiecle. On voit, dit un homme de beaucoup d'efprit, quelle influence heureufe une feule bonne Comédie peut avoir fur les mœurs de toute une Nation.

(21) *Voici l'Amour vêtu d'une robe d'hermine.*

L'*Amour Médecin.* Les plaifanteries de Molière fur quelques médecins de fon temps ne tirent point à conféquence. Des hommes tels que Boerhaave, Vanfwieten, Chirac, Molin, Aftruc, Vernage, Sénac, Lieutaud, étaient faits pour mériter toute l'eſtime d'un Philoſophe. Auſſi M. de Voltaire a-t-il dit en parlant du célèbre Sylva , mort vers l'an 1746 ; c'était un de ces Médecins que Molière n'eût pu ni oſé rendre ridicule.

(22) *L'Amant peint la beauté.*

L'Amour Peintre. Il y a dans cette petite Pièce de la grace & de la galanterie. C'eſt le ſentiment du célèbre Auteur de la vie de Molière.

(23) *Gai Sganarelle qu'on aſſomme.*

Le *Médecin malgré lui.* On ne peut ſe rappeller ſans étonnement que cette Comédie bouffonne & gaie ſoutint le Miſanthrope.

(24) *Courage, ô très fripon Scapin.*

Les *Fourberies de Scapin.* Molière s'appropria quelques Scènes du *Pédant joué de Cyrano de Bergerac* ; mais il diſait pour s'excuſer : » je reprends mon bien par tout où je le » trouve ».

(25) *Ah ! Comteſſe d'Eſcarbagnas.*

Ce n'eſt pas peut-être , dit-on dans les *Queſtions ſur l'Encyclopédie* , une idée fauſſe de penſer qu'il y a des plaiſanteries de proſe & des plaiſanteries de vers. Tel bon conte dans la converſation deviendrait inſipide s'il était rimé, & tel autre ne réuſſira bien qu'en rimes. Je penſe que Monſieur & Madame de Sottenville , & Madame la *Comteſſe d'Escarbagnas* ne seraient point si plaisans s'ils rimaient. Mais dans les grandes Pièces remplies de portraits, de maximes, de récits, & dont les personnages ont des caractères fortement dessinés, tel que le Misanthrope, le Tartuffe, l'Ecole des Femmes, celle des Maris, les Femmes savantes ; les vers me paraissent absolument nécessaires, & j'ai toujours été de l'avis de Michel Montagne, qui dit *que la sentence pressée aux pieds nombreux de la poésie, enleve son ame d'une plus rapide secousse.*

(26) *Criquet, ton Receveur des Tailles.*

Criquet, petit laquais, niais & mal apris, comme l'étaient alors les Domestiques de Province. On trouve dans les Rôles de la Comtesse d'Escarbagnas, dans ceux de M. Thibaudier & de M. Harpin, le germe de trois caractères developpés bien ou mal depuis Molière.

(27) *Jean Despautère sous le bras.*

Les interrogations que fait en latin M. Bobinet à son Eleve dans la Comtesse d'Escarbagnas, faisaient allusion à une Anecdote du tems. *Voyez les Mémoires Littéraires.*

(28) *Paraissez, importans.*

On trouve dans un des chapitres du *Siècle de Louis XIV*, le trait suivant. La plûpart des grands Seigneurs de la Cour de Louis XIV voulaient imiter cet air de grandeur, d'éclat & de dignité qu'avait leur Maître. Ceux d'un ordre inférieur, copiaient la hauteur des premiers ; & il y en avait

enfin même en grand nombre qui pouſſaient cet air avan-
tageux , & cette envie dominante de ſe faire valoir juſ-
qu'au plus grand ridicule. Ce défaut dura long-temps. Molière l'attaqua ſouvent ; & il contribua à défaire le Public
de ces Importans ſubalternes , ainſi que de l'affectation des
Précieuſes , du pédantiſme des Femmes ſavantes , de la
robe & du latin des Médecins. D'un côté , M. de Voltaire appelle Molière un Légiſlateur des bienſéances du
monde ; de l'autre côté , M. Paliſſot , développant cette
belle idée , dit formellement : Molière exerça ſur les Français une ſorte de Magiſtrature d'autant plus puiſſante qu'il
ne l'exerça que par ſon génie , & que rien à l'extérieur ne
décelait au vulgaire le ſecret de ſon adminiſtration. Il na-
quit dans les circonſtances les plus heureuſes où il pouvait
naître , ſous un Prince qui le protégea contre les ennemis
que devaient neceſſairement lui donner & le genre & la
ſupériorité de ſes talens.

(29) *Unique Miſanthrope , œuvre à jamais ſublime ;*
　　　Oui , Molière avec toi du Pinde atteint la cime.

Le *Miſantrhope* ſera toujours regardé comme l'ouvrage le
p'us parfait au Théâtre. Deſpréaux trouvait cette comédie
ſi ſupérieure à toutes les autres , qu'il n'a pu s'empêcher
d'écrire :

　　　Dans ce ſac ridicule où Scapin s'enveloppe,

　　　Je ne reconnais plus l'Auteur du Miſantrhope.

Le grand Rouſſeau défend ainſi Molière :

> Ariſtophane , auſſi bien que Ménandre,
>
> Charmait les Grecs aſſemblés pour l'entendre ,
>
> Et Raphaël peignit ſans déroger
>
> Plus d'une fois maint groteſque léger.
>
> Ce n'eſt point là flétrir ſes premiers rôles ,
>
> C'eſt de l'eſprit , embraſſer les deux pôles ;
>
> Par deux chemins , c'eſt tendre au même but ,
>
> Et s'illuſtrer par un double attribut.

M. de Voltaire a dit auſſi quelque part : Molière ne ſe-
» rait pas deſcendu ſi bas , s'il n'eût eu pour ſpectateurs que
» des Louis XIV. , des Condés , des Turennes , des Ducs
» de la Rochefoucault , de Montauſier , de Beauvilliers ,
» des Dames de Monteſpan & de Thiange ; mais il travail-
» lait auſſi pour le peuple de Paris qui n'était pas encore
» décraſſé. Le bourgeois aimait la groſſe Farce, & la payait.
» On eſt obligé de ſe mettre au niveau de ſon ſiécle , avant
» d'être ſupérieur à ſon ſiécle , & après tout on aime quel-
» quefois à rire. » Voilà, comme on voit, Molière bien vengé
de l'opinion de Boileau & de Fénelon. Malgré les petits
reproches que fait l'illuſtre Archevêque de Cambray au
Prince des Poëtes comiques ; il avoue ouvertement qu'il
faut regarder Molière comme un grand Poëte Comique. Je
ne crains pas , ajoute-t-il , de dire qu'il a enfoncé plus avant
que Térence, dans certains caractères, qu'il a embraſſé une
plus grande variété de ſujets , qu'il a peint par des traits

forts tout ce que nous voyons de déréglé & de ridicule. Térence, continue-t-il, s'eſt borné à repréſenter des vieillards
avares & ombrageux, des jeunes hommes prodigues & étour-
dis, des courtiſanes avides & imprudentes, des paraſi-
tes bas & flatteurs, des eſclaves impoſteurs & ſcélérats.
Ces caractères méritaient, ſans doute, d'être traités ſuivant
les mœurs des Grecs & des Romains. De plus, nous n'a-
vons que ſix Pièces de cet Auteur. Mais enfin Molière a
ouvert un chemin tout nouveau. Encore une fois, je le
trouve grand.

M. de Voltaire va bien plus loin, lorſqu'il s'agit d'ap-
précier Molière, & je crois, ſans offenſer perſonne, que
le plus vaſte & le plus beau génie dont l'Europe puiſſe ſe
glorifier, eſt en état plus qu'un autre de mettre à ſa véritable place le père de la vraie Comédie. Molière, ſelon
lui, eſt le meilleur des Poètes comiques de toutes les Nations. Il faut avouer, dit-il, que ſi l'on compare l'art &
la régularité de notre Théâtre avec ces ſcènes découſues
des anciens, ces intrigues faibles, cet uſage groſſier
de faire annoncer par des Acteurs, dans des monologues
froids & ſans vraiſemblance, ce qu'ils ont fait & ce qu'ils
veulent faire; il faut avouer que Molière a tiré la Comédie
du cahos, ainſi que Corneille en a tiré la Tragédie, & que
les Français ont été en ce point ſupérieurs à tous les peu-
ples de la terre. Molière avait, d'ailleurs, une autre ſorte
de mérite, que ni Corneille, ni Racine, ni Boileau, ni
la Fontaine n'avaient pas. Il était philoſophe, & il l'était
dans la théorie & dans la pratique.

On

On ne peut se refuser d'ajouter à cela une réflexion très-judicieuse de M. Palissot, tirée de ses *Mémoires Littéraires*. Voici ce qu'on y lit. On a voulu souvent agiter l'inutile question de la prééminence entre les deux genres dramatiques. On a voulu savoir qui, de Melpomène ou de Thalie, méritait le plus d'honneurs. Il nous semble que Molière a résolu ce problème, & qu'il a décidé sans retour la victoire en faveur de la Muse Comique. En effet, Corneille a eu parmi nous plus d'un successeur digne de balancer sa gloire, & Molière est encore sans émule. Il paraît donc plus aisé d'avoir plusieurs Corneilles, qu'un seul Molière.

(30) *Après tous ces miracles.*

On est charmé de voir répéter à M. de Voltaire, dans les *Questions sur l'Encyclopédie*, ce qu'il avait dit de Molière, Article des Ecrivains du Siècle de Louis XIV. Voici ses propres termes : On sait assez que dans ses bonnes Pièces, Molière est au-dessus des Comiques de toutes les Nations, anciennes & modernes. Despréaux a dit :

Aussi-tôt que d'un trait de ses fatales mains,
La Parque l'eût rayé du nombre des humains,
On reconnut le prix de sa Muse éclipsée.
L'aimable Comédie avec lui terrassée,
En vain, d'un coup si rude, espéra revenir,
Et sur ses brodequins ne put plus se tenir.

Boileau avait raison.

C

(31) *Enfantés malgré tant d'obstacles.*

Cela doit furtout être appliqué à la comédie du Tartuffe ; qui, ainfi que l'obferve M. Paliffot, n'avoit eu de modèle chez aucune Nation, foit par la hardieffe de fon fujet, foit par les difficultés qu'il offrait à vaincre, foit par les fineffes de l'art que l'on y découvre à chaque Scène, foit enfin par l'hiftoire de la perfécution que cette Pièce attira fur l'Auteur.

(32) *Molière, abfolument ils ont perdu tes traces.*

On trouve dans les *Queftions fur l'Encyclopédie,* le détail fuivant, que nous nous empreffons de mettre fous les yeux de nos lecteurs.

Depuis 1673, année dans laquelle la France perdit Molière, on ne vit plus une feule Pièce fupportable, jufqu'au *Joueur* du Tréforier de France Regnard, qui fut joué en 1697 ; & il faut avouer qu'il n'y a eu que lui feul après Molière qui ait fait de bonnes comédies en vers. La feule Piéce de caractère qu'on ait eu depuis lui, a été le *Glorieux* de Deftouches, dans laquelle tous les Perfonnages ont été généralement applaudis, excepté malheureufement celui du glorieux, qui eft le fujet de la Pièce.

Rien n'étant fi difficile que de faire rire les honnêtes gens, on fe réduifit enfin à donner des Comédies romanefques, qni étaient moins la peinture fidelle des ridicules que des effais de Tragédie Bourgeoife ; ce fut une efpèce bâtarde, qui n'étant ni comique, ni tragique, manifefte l'impuif-

fance de faire des Tragédies & des Comédies. Cette efpèce
cependant avait un mérite, celui d'intéreffer ; & dès qu'on
intéreffe, on eft fur du fuccès. Quelques autres joignirent
aux talens que ce genre exige, celui de femer leurs Pièces de vers heureux. Voici comme ce genre s'introduifit.

Quelques perfonnes s'amufaient à jouer dans un Château
de petites Comédies qui tenaient de ces farces, qu'on
appelle parades. On en fit une en l'année 1732, dont le
principal perfonnage était le fils d'un Négociant de Bor-
deaux, très-bon homme & mari fort groffier, lequel croyant
avoir perdu fa femme & fon fils, venait fe remarier à Paris,
après un long voyage dans l'Inde.

Sa femme était une impertinente, qui était venue faire la
grande dame dans la Capitale, manger une grande partie
du bien acquis par fon mari, & marier fon fils à une de-
moifelle de condition. Le fils, beaucoup plus impertinent
que la mere, fe donnait des airs de feigneur ; & fon plus
grand air était de méprifer beaucoup fa femme, laquelle
était un modèle de vertu & de raifon. Cette jeune femme
l'accablait de bons procédés fans fe plaindre, payait fes
dettes fecrettement quand il avoit joué & perdu fur fa parole, & lui faifait tenir des petits préfens très-galans fous
des noms fuppofés. Cette conduite rendit notre jeune homme
encore plus fat. Le Marin revenait à la fin de la Pièce, &
mettait ordre à tout.

Une Actrice de Paris, fille de beaucoup d'efprit, nommée mademoifelle Quinault, ayant vu cette farce, con-
çut qu'on en pourrait faire une Comédie très-intéreffante,

& d'un genre tout nouveau pour les Français, en expofant fur le Théâtre le contrafte d'un jeune homme qui croirait en effet que c'eft un ridicule d'aimer fa femme; & une époufe refpectable qui forcerait enfin fon mari à l'aimer publiquent. Elle preffa l'Auteur d'en faire une pièce régulière, noblement écrite; mais ayant été refufée, elle demanda permiffion de donner ce fujet à M. de la Chauffée, jeune homme, qui faifait fort bien des vers, & qui avait de la correction dans le ftyle. Ce fut ce qui valut au public le *Préjugé à la mode.*

Cette Pièce était bien froide après celles de Molière & de Regnard; elle reffemblait à un homme un peu pefant, qui danfe avec plus de juftefle que de grace. L'Auteur voulut mêler la plaifanterie aux beaux fentimens. Il introduifit deux Marquis, qu'il crut comiques, & qui ne furent que forcés & infipides. L'un dit à l'autre:

> Si la même maîtreffe eft l'objet de nos vœux,
>
> L'embarras de choifir la rendra plus perplexe;
>
> Ma foi, Marquis, il faut prendre pitié du fexe.

Ce n'eft pas ainfi que Molière fait parler fes perfonnages. Dès-lors le comique fut bientôt banni de la Comédie. On y fubftitua le pathétique. On difait que c'était par bon goût, mais c'était par ftérilité.

Ce n'eft pas que deux ou trois fcènes pathétiques ne puiffent faire un très-bon effet. Il y en a des exemples dans Térence, il y en a dans Molière; mais il faut après cela revenir à la peinture naïve & plaifante des mœurs. On ne tra-

vaille dans le goût de la Comédie larmoyante , que parce
que ce genre eſt plus aiſé ; mais cette facilité même la dé-
grade : en un mot , les Français ne ſurent plus rire.

(33) *De petits intérêts & de grands mouvemens.*

M. Paliſſot avertit , dans ſes *Mémoires Littéraires* , que
toutes les innovations que l'on s'eſt permiſes depuis Molière , ſous prétexte de réformer ou d'ennoblir le genre ,
n'ont tourné qu'à la ruine de la vraie Comédie. Les uns
ont cru imiter la nature en ſaiſiſſant quelques détails minutieux des uſages de la vie commune. Ils ont cru mettre
de la vérité dans leurs Pièces , en rendant avec fidélité les
décorations d'un appartement ou de petites attitudes do-
meſtiques, dont ils ont eu ſoin de noter ennuyeuſement la
pantomime dans leurs Drames. D'autres , au lieu de peindre les hommes tels qu'ils ſont, nous ont donné des Romans,
qu'on pourrait tout au plus regarder comme des exceptions
aux événemens ordinaires de la vie,& comme les aventures
biſarres de quelques individus de notre eſpèce. En éta-
bliſſant ſur des événemens peu vraiſemblables un intérêt
chimérique , ils ont prétendu remplacer le peintre des ridicules & l'hiſtorien des mœurs. Mais malgré leurs efforts,
tous ces Ecrivains à la mode ne nous ont appris qu'à regret-
ter Molière davantage.

(34) *On admire en détail ces lamentations.*

L'homme de génie , auteur de la Métromanie , a bien
vengé Molière dans le couplet ſuivant.

Connaiſſez-vous ſur l'Hélicon

 L'une & l'autre Thalie?

L'une eſt chauſſée & l'autre non,

 Mais c'eſt la plus jolie.

L'une a le rire de Vénus,

 L'autre eſt froide & pincée:

Salut à la Belle aux pieds nuds,

 Nargue de la chauſſée.

On a attribué au même Poëte les ſtrophes qu'on va lire, ſans doute, parce qu'elle ont paru dignes de cet Auteur ſi gai & ſi malin. Les voici:

 Quel eſt ce Poëme fantaſque,

Dont le mélange mal-adroit

Tient du tragique le plus flaſque

Et du comique le plus froid?

C'eſt toi, bâtarde Comédie,

Avorton de la Tragédie,

Qu'on voit triompher aujourd'hui;

Toi, dont le larmoyant comique

N'a pris de la Muſe tragique

Que le ton pleureur & l'ennui.

 Ni la chaleur, ni l'élégance,

Ni les mœurs, ni les paſſions,

Ne rachetent l'extravagance

De ces folles créations,

Un nom caché dans la naissance ,
Quelque froide reconnoissance ,
Voilà leur éternel refrein.
De cette Comédie étrange
Les plans semblent faits par la Grange ,
Les vers par l'Abbé Pellegrin.

Des caractères romanesques ,
D·s incidens miraculeux ,
Des vertus toujours gigantesques ,
Un fond d'intrigue fabuleux ;
Un intérêt faible & pénible
Qui sort d'un Roman impossible :
Que peignent ces tristes pastels ?
Molière connaissait les hommes ,
Il nous a peints tels que nous sommes ,
Ses tableaux seront immortels.

Révérend Pere la Chaussée ,
Prédicateur du saint Vallon ,
Porte ta morale glacée
Loin des neuf Sœurs & d'Apollon.
Ne crois pas Cotin dramatique ,
A la Muse du vrai comique ,
Devoir tes passagers succès.
Non , la véritable Thalie
S'endormit à chaque homélie
Que tu fis prêcher aux Français.

L'Abbé Desfontaines avait imaginé un mot nouveau pour défigner tous ces Romans mis en fcènes. Il les appellait des *Romanédies*. C'eft un terme heureux qu'on aurait du adopter, & qui aurait parfaitement diftingué la véritable Comédie d'avec les drames de nos jours. M. Paliffot prétend, avec raifon, que l'eftimable Destouches, fans le *Glorieux* fans le *Philofophe marié*, chef-d'œuvre de ce Poëte, pourrait être regardé comme un des premiers par qui la Comédie a dégénéré parmi jnous. Il l'a rendue froide fous prétexte de l épurer, dit encore M. Paliffot, & il a été le précurfeur de la Chauffée, qui l'a rendue trifte. Destouches parait chercher la plaifanterie qui venait naturellement s'offrir à Molière, c'eft toujours l'Auteur des *Mémoires Littéraires* qui parle, & fon vers comique eft moins facile que celui de Regnard. Malgré fes défauts, il faut convenir, qu'indépendamment du *Glorieux* & du *Philofophe marié*, Destouches a fait quelques comédies d'intrigue très-agréables. On ne peut donc pas lui refufer la troifième place parmi nos grands Poëtes comiques. Que reftera-t-il à la Chauffée, quoiqu'il entendît très-bien l'art du Théâtre, & qu'il fe trouve dans plufieurs de fes Pièces de belles fcènes & des vers de marque? il lui reftera une trifte place, celle de novateur & de corrupteur du genre. Ceux qui ont eu le malheur de l'imiter font infiniment inférieurs à lui. Il avait du moins, à l'avis de M. Paliffot, la perfection de la médiocrité. Le meme homme de goût rapporte que la foule des efprits fuperficiels regardait la Chauffée comme l'inventeur de ce genre métis, qui n'était pourtant qu'une

fottife renouvellée, dont Scarron lui-même avait eu le bon
goût de purger la fcène , & qu'enfin le génie de Molière
avait fait difparaître. Jufqu'alors nos Comédies n'avaient
été que de triftes Romans , tels que ceux qu'on ofe nous donner pour un nouveau genre. Ainfi nous voyons que l'Art ,
bien loin de fe perfectionner , retombe précifément dans la
barbarie de fon origine. L'Auteur des *Mémoires Littéraires*
parle ici avec courage , fans crainte d'ète démenti par fes
ennemis , qui deviendraient alors ceux de Molière & du
bon goût.

L'obfervation qui fuit eft très-intéreffante.

On ne trouve pas dans les Pièces de Deftouches , dit
M. de Voltaire , la force & la gaîté de Regnard , encore
moins ces peintures du cœur humain , ce naturel, cette
vraie plaifanterie , cet excellent comique qui fait le mérite
de l'inimitable Molière. Mais il n'a pas laiffé de fe faire
de la réputation après eux, On a de lui quelques Pièces qui
ont eu du fuccès , quoi que le comique en foit un peu forcé.
Il a du moins évité le genre de la Comédie qui n'eft que lan-
goureufe , de cette efpèce de Tragédie bourgeoife , ui
n'eft ni tragique, ni comique , monftre né de l'impuiffance
des Auteurs & de la fatiété du public après les beaux jours
de Louis XIV. Sa comédie du *Glorieux* eft fon meilleur
ouvrage , & probablement reftera au Théâtre , quoique le
perfonnage du Glorieux foit, dit-on, manqué : mais les
autres caractères paraiffent traités fupérieurement. *Siècle
de Louis XIV. Article des Ecrivains.*

(35) *Dont tu crayonnas hardiment.*

L'Auteur des *Mémoires Littéraires* nous fournit encore ici une réflexion excellente. Le premier secret de l'art de Molière , dit-il , fut sans doute de peindre les hommes qu'il voyait, bravant à la fois l'audace des applications & les vains murmures de ceux dont il représentait naïvement les ridicules & même les vices.

(36) *Phebus nous abandonne , & Thalie en courroux.*

Voici ce qu'on trouve dans un ouvrage imprimé cette année, & qui a pour titre : *Temple de Mémoire, ou Visions d'un Solitaire.* » Nous passâmes du côté des Poétes comi-
» ques, entre lesquels Thalie me fit remarquer, Menan-
» dre , Plaute & Terence , avec Molière , Regnard &
» Destouches.

,, Molière était leur préfident,

,, Et tous lui cédaient l'avantage

,, D'avoir été le plus favant

,, A berner un fot perfonnage.

» je m'apperçus que Thalie regardait Molière avec une
» forte de complaifance maternelle , comme le plus cher
» & le plus digne de fes nourriffons. Ah ! dit - elle, la
» perte de ce grand homme ne fera jamais réparée dans le
» monde ; & du train que vont les chofes , il y a grande ap-
» parence que la vraie Comédie touche à fon dernier pé-
» riode. Il n'eft plus d'Auteurs qui la connaiffent ou qui fe

» foucient de la cultiver , & tel eft maintenant le goût de
» vos Parifiens , qu'ils quitteraient le *Tartuffe* ou le *Mi-*
» *fantrope* pour une miférable rapfodie dramatique ». Le
Solitaire, quel qu'il foit, paraît avoir du goût, des lu-
mieres , & tenir aux bons principes de Littérature. Nous
finirons ces notes par emprunter à l'Auteur des *Mémoires*
Littéraires la réponfe qu'il a faite aux cenfeurs minutieux
de notre immortel Comique. Rien de mieux vû & de mieux
penfé. On a reproché, dit-il, à Molière de n'avoir pas été
toujours correct; mais on n'a point affez remarqué l'énergie
fingulière de fon ftyle; énergie alliée par-tout à la plus
étonnante facilité. Malheur aux Écrivains froids, qui, plus
frappés de quelques fautes de détail qu'on peut trouver
fans doute dans le ftyle de Molière, que des beautés dont
il étincelle, croiraient que même en cette partie il exifte
un meilleur modèle ! Qu'ils indiquent, s'ils le peuvent,
un Poete comique dont on ait retenu plus de traits, dont
plus de vers foient devenus proverbes; qu'ils tâchent enfin
d'oppofer au Mifanthrope quelques Pièces de nos jours, dont
le coloris foit plus vrai, plus naturel, plus brillant. Mais
c'eft l'art du dialogue fur tout qui a donné le plus de vie
aux comédies de Molière, & qui paraît aujourd'hui le plus
négligé.

Les connaiffeurs éclairés qui ont profcrit le genre larmoyant, n'ont pas balancé de faire le plus grand accueil
à la féerie. Ce genre de Comédie exige beaucoup de délicateffe dans l'efprit. C'eft encore une nouveauté, mais qui
plaira toujours quand les Auteurs qui la traiteront auront

en main le pinceau féduifant du père de l'*Oracle* & des *Graces*. En un mot, il faut la fupériorité de génie & la manière agréable d'écrire de M. de Saint-Foix , ou bien y renoncer.

(37) *Parais , va confoler Thalie.*

Il s'agit ici d'un Commentaire de Molière, entrepris par M. Bret. Mais , dit l'Auteur des *Mémoires Littéraires :* Que pour la gloire de Molière & de la France , ce Commentaire , digne de nos plumes les plus favantes , ne foit jamais livré à des mains profanes ! Cette Affertion nous a engagés à lire ces Mémoires à l'article Bret. Nous y avons trouvé ce qui fuit.

Cet auteur, (M. Bret,) eft actuellement occupé d'un ouvrage qui peut lui faire le plus grand honneur , il travaille à un Commentaire de Molière. D'après les principes que nous lui avons connus , d'après fon goût naturel cultivé par d'excellentes études , enfin d'après quelques differtations qu'il a faites fur l'Art de la Comédie , nous penfons qu'il eft très-digne de foutenir avec gloire cette honorable entreprife. Ce travail peut même ranimer fon amour pour un genre où le plus fur moyen de réuffir eft d'obferver fans ceffe le génie & les reffources de Molière.

Fin des Notes.

ADDITION

A LA PREMIERE NOTE.

M. LINGUET s'est mépris. Pareil honneur avait déjà été décerné à Shakespeare par les Anglais. Voici ce que l'on vient de mettre sous les yeux du Public dans le *Prospectus* du Théâtre de ce Sophocle de la Grande-Bretagne : » L'An-
» gleterre est plus glorieuse d'avoir produit Shakespeare,
» que Newton lui même ; & l'on a oui parler de cette Fête
» fameuse récemment instituée en son honneur, & que
» l'enthousiasme des Anglais a nommée le *Jubilé* de Sha-
» kespeare.

» C'est aussi le nom de la Piéce qui fut faite à sa gloire:
» on y introduit, & l'on y fait parler presque tous les person-
» nages de son Théâtre, sous les habits & le costume qui
» leur sont propres. On remarqua que les trois Sorcières de
» Macbeth furent représentées, dans le Bal qui se donna le
» soir de la Fête, par trois Dames des plus distinguées & des
» plus belles d'Angleterre. Cette Piéce se joue très-fré-
» quemment, & c'est le premier monument dans l'univers
» qui ait été élevé au Théâtre à la gloire d'un Acteur. La
» Centenaire de Molière n'est que le second, & n'en est que
» l'imitation.